任溶溶成长美文系列

小时候的风味

任溶溶◎著
任荣炼◎绘

青岛出版社
QINGDAO PUBLISHING HOUSE

广东人吃云吞，

四川人吃抄手，

福建人吃扁肉，

其他地方人吃馄饨，

吃的其实是一样东西，

…………

就像爸爸妈妈给孩子取名字，

叫他阿龙就是阿龙，

叫他阿虎就是阿虎。

——任溶溶《吃云吞吃出来的一首诗》

我是这样写文章的

有朋友问我，你怎么能写出那么多小文章？我回答说，我写文章只是聊天而已。

我这个人爱聊天，也很会聊天。过去常与故友作家钟子芒去城隍庙湖心亭饮茶，跟邻座的茶客马上就会聊起天来。这里不是学术交流会，不会谈高深的学问，就是聊聊家常而已。

茶客各行各业的都有，谈话的内容也就广泛。谈吃喝玩乐，谈京戏，谈沪剧，根本不会有无话可聊的情况。那就聊啊聊，也就这样，我就写啊写，只要活着就聊啊聊，写啊写，不会有无话可说、无文可写的时候。

再说我向来就是个文字改革工作者，早年提倡写口语，写白话，怎么说就怎么写。我的文章毫无文采，就是说话。我现在还是这个观点。让文学家写有文采的作品吧，我就用大白话聊我的天算了！

伍蠡容

目录

记忆中的广州

记忆中的味道

小时候的零食

我是一个戏迷·书迷

记忆中的广州

我是广东人

我今年九十五岁，生在上海，五岁回广州，在广州待了十年，又回上海，在上海总共待了八十五年。可我生在广东人家庭，童年又在广州过，是一个地道的广东人。

我说得最好的语言是西关广州话，虽说我普通话、上海话也说得不错。我是个爱吃的人，什么菜都爱吃，但最爱吃的是广东菜、广东点心，连家中菜也爱广式的。有一个时期我天天在外面吃饭，一个星期七天，五天吃各种菜，有两天要吃广东菜。

只有一点，我不看广东戏，可能无机会。我也不看沪剧，我是京戏爱好者。

上海是个好地方，五方杂处，各地人都有，广东人不少。过去甚至有广帮。我父亲在广东人中闯业，闯得不错，可是他到老还是说上海广东话。我母亲对语言就有天赋，上海话说得呱呱叫，当然，广东话说得也很正。

我很以自己是广东人自豪。广东人闯世界是有名的，华侨中广东人最多。这也因为过去广东生活困难，人们远洋谋生。要记得，背井离乡是很苦的，不像现在这样以出国留学为乐。香港的望夫山，象征了这种苦难。

我是个地道的广东人，又是个写文章的人。

早年我写的文章很多广东腔，老友倪海曙一直帮我改去广东腔的话。后来我就发愤学北京话，大听侯宝林的相声，取法乎上。现在可以大胆地说，我的文章没有广东腔了，除非是存心来点广东腔。我是个语文工作者，这一点还是好办的。我对广州话做过一点研究，能讲出点名堂。

在我家中，我已是最后一个广东人。我的老婆是上海人，所生几个孩子全跟着她，不会讲广州话，一点广东人味道也没有。他们全是上海妹、上海仔。

记广州观音山

观音山又名越秀山，就在广州市内，到广州的人一定会上山游览。

观音山上有酒家，我五岁回广州，父亲的广州朋友请客，我第一次上山就是坐汽车上山赴宴。

观音山上有著名的“五层楼”，我进去过一次，当时在那里展览古代盔甲等。

后来四公每星期六带我出来玩，常上观音山，在“五层楼”附近看市民拉琴唱广东戏，自娱自乐。在山上玩完四公就带我到山后的小镇，那里有一家水上茶寮，四公让我吃虾仁面，虾都是现从寮下水池捞起剥的，新鲜好吃。

陈济棠主政时期，观音山上建有中山纪念碑，碑顶原是尖的，不知是否避雷针失灵，雷把顶劈去一点，现在碑顶不是尖的了。

观音山上有一广场，节日武馆在那里舞狮。记得我离开广州时，那广场还架有一座摩登的空中转盘，热闹极了。

离开广州几十年，那里如今一定建设得更加富丽堂皇，成为羊城美景。

童年在广州

我1923年生于上海，1928年五岁回广州。当时的广州十分落后，晚上没有电，要点火油灯。所以生活时间也主要在白天。10时就吃中饭，12时已经在电影院看电影了，晚上早睡。早晨三四点钟石板街上木屐就踢踏踢踏响，人们上茶楼和上工了。也就在这时候街上叫卖白糖伦教糕、咸煎饼。又一天开始了。

西园和北园

我小时候在广州，每星期六下午不上学，四公带我行街，晚上常在西园吃饭。西园是“广州四大酒家”之一，在六榕塔附近。我到现在还记得我在那里爱吃的菜，就是走油田鸡和罗汉斋。

四公常带我去吃的另一个地方是北园，它在观音山后面，原先是池塘上一个茅寮，后来换成了大房子。四公带我玩完观音山，就从后山下山到北园吃一碗虾仁面。广州解放后我到

那里，那里已变得非常热闹，北园已是大酒家。许多退休工人在那里饮茶。它有一个新招，就是饮茶只花几毛钱，投在竹筒里，大家就可以舒舒服服地饮茶吃点心了。这个地方后来成了刻石碑石像的地方，热闹非常。

这已是陈年旧事，如今当然大不相同，不知怎样了。

怀念小时候的广州

我五岁回广州，正是在 1928 年，不过轰动一时的广州公社[1]革命事件已经平息，我当时一点都没听说过。这时已进入陈济棠主政时期。

陈济棠对广州建设是有功劳的。他在观音山上建起了中山纪念碑，碑顶原是尖的，听说由于避雷针不灵，打雷劈掉了尖顶。他还在观音山脚建立了中山纪念堂，非常雄伟，我读小

① 1927 年 12 月 11 日，中国共产党领导了广州起义，工农赤卫队和革命军人攻占了市公安局，并仿照巴黎公社成立了广州苏维埃政府，后人称为“广州公社”。12 日至 13 日，国民党军队在英、美、日、法等帝国主义军舰和陆战队支援下，对广州起义军反扑，广州起义失败。“广州公社”仅存三天，旧址位于广州市起义路广州市公安局大院内。

学时曾跟随集体进去参观。

广州是一个典型的中国式城市，与上海的繁华不同，整个广州没有一家舞厅。听说，只是听说，永汉路（今北京路）永汉电影院对面的哥伦布餐厅可以跳舞。

广州最热闹的地方是长堤，岸边停满小艇，都是水上人家。

长堤有最大的百货公司——大新公司（今南方大厦）。我小时候回乡的渡船就停在那地方。那里还有一家粤华西菜社，大人常带我去吃西菜。还有一家粤派酒家，大三元。当年它卖八元一客的鱼翅，全国轰动。

我读小学的地方在荔枝湾附近，是岭南大学的中小学分校。

暑假期间我天天上荔枝湾游泳，吃艇仔粥。泳池连着大江，船只来来往往，卖艇仔粥的就划进来卖粥给游泳者。艇仔粥很有特点，主要是吃粥中加进去的料：鱿鱼、烧鸭片等等。

我的家在西关，这是广州最有名的地段，

很热闹。第十甫、上下九[②]有著名茶楼和店铺。中秋节就必买第十甫莲香楼的莲香月饼。平时办喜事也购买莲香楼的糕饼。这里还有电影院，《渔光曲》《摩登时代》等电影，我就是在这里看的。

我是个爱读书的人，去得最多的当然是双门底，即永汉路。书店都在那里。不过所有书店都是上海开过来的，如商务印书馆、中华书局、广益书局、世界书局，广州自己的一家也没有。广州出版的只是些木刻版木鱼书（木鱼书是广州的一种曲词唱本）之类。我小学用的就是商务的课本。

在永汉路跑完书店，我就到商务附近的永汉公园休息，看猴子。那里还陈列着“铜壶滴漏”——古代计算时间的工具。商务隔壁有家太平西餐馆，周恩来、邓颖超曾在那里用餐。从永汉公园另一边出来，是毛主席曾工作过的

② 第十甫、上下九，即第十甫路和上九路、下九路。地处广州市荔湾区中心地段，全路段店铺林立，繁华热闹，被誉为“西关商廊”。

中秋节必买第十甫莲香楼的莲香月饼。

农民讲习所，对门还有一家著名的潮州酒家。

这里除了永汉公园，还有更大的中山公园，我也常去，公园门口就是著名的旺记乳猪店。广州旧有“四大酒家”，其中一家叫西园，就在附近，大人常带我去饮茶。六榕寺就在旁边，我们休息时常去。那里有个六榕塔，在我家天台就能看到。

我家在龙津路旁边，我常跟大人去菜场买菜，就在龙津路许多小吃店里吃粥，吃咸煎饼。

广州有几家演粤剧的戏院：乐善、太平、海珠。我不爱看粤剧，只陪从乡下到省城来的乡里去看过。京戏广州是不演的，但可以看到，那就是到大新公司的屋顶游乐场。

广州没有上海的“大世界”，大新公司的屋顶游乐场跟“大世界”差不多，有许多节目：粤剧、京戏、电影、歌舞等等。家乡有人出来，我总是带他们到那里去开开眼界。

说到当时的广州，不可不提一下沙面这处英法租界。它原来只是个沙滩，是开发出来的。

现在这里成了一个大公园，看珠江，好极了。

游广州自然要上市内观音山，它本名越秀山，山上有座五层楼高的历史性建筑，陈列着古代兵器之类。山上还有酒家，我记得小时候初到广州，就随父亲坐汽车上山，父亲的友人在那里请客。

我怀念小时候的事情太多了，现就先写这一些。

我一个画画的朋友给我看他画的旧广州风俗画，问我画得对不对。

我说：第一，旧广州人没有穿长衫的，穿长衫的都是外江佬[①]。小时候有外江佬到学校演讲，我们小同学只顾好奇地看他的服装，根本没听到他讲些什么。再说他说的不是广州话，我们也听不大懂。

第二，广州人的唐装短衫上有四个口袋，北方的唐装短衫只有三个口袋。我初到上海就穿着有四个口袋的唐装短衫，大家一见我就叫

① 在广东，当地人将外省人统称为外江佬。

我“小广东”。

不过这是1938年我离开广州时的情形，如今怎样就不清楚了。抗战全面爆发时大批北方人涌入广州，可能给广州的衣着带来了变化。不过现在也已经没人穿长衫和唐装短衫，南北方人穿衣服应该都差不多了。

但有一点我猜想广州没有变，就是广州天气热的时间长，人们爱穿木屐。早晨四五点钟石板街上就有木屐声响，大家上茶楼饮茶并上班。这种声音在上海是听不见的。

老广州的武馆

武馆，现在我们只能够在香港拍的武打戏里看到了，可我小时候在广州，曾亲眼看到当时的武馆。

武馆其实是一个体育组织。中国古代留传下来许多拳术，现在公园里不是每天还有很多人在打太极拳吗？一些爱拳术的人结合起来成立一个组织，这个组织就是武馆。他们在里面练拳舞棍，研究拳经。

我还记得当时有一家武馆，当家人叫梁斗，这家武馆很热闹。不过我们小孩子对武馆打拳什么的没有兴趣，最有兴趣的是有人办喜事，

请他们出来舞狮子助兴，我们就是爱看他们舞狮子。

每逢节日和有人办喜事，我们总会看到梁斗武馆的拳师出来舞狮子。而舞狮子最热闹的时间应该就是春节了，这个时候他们最出风头。他们到处去表演舞狮子。我们知道广东的舞狮子是很有名的，只要一听到敲锣打鼓声，“咚锵，咚锵，咚锵个隆咚锵”，大家就会围着看，而武馆也正是在春节可以赚到大钱。

许多商家在三四层楼高的楼上伸出竹竿，竹竿头上吊着一包用红布包着的钱，这包钱上扎一棵青菜（这包钱广东人称之为“利是”）。武馆的拳师舞着狮子经过，就知道要请他们拿下来，拿下这包钱和青菜的表演就叫作“采青”。

他们一个个穿短衫裤，扎裤管，和香港武打电影中黄飞鸿他们的打扮差不多。他们就站在竹竿底下，一个人举着狮头爬到另一个人头上，一个一个叠罗汉那样爬上去，一直叠到那包钱和青菜旁边，从狮头嘴里伸出手来把钱和青菜拿走。

这个采青表演，春节里一天有好多起，钱不会少，大概他们一年的开销够了。春节里，采青是个很精彩的节目。我还到长堤一带去看，从采青可以看出武馆那些人武功实在好。武馆那些人也在广州的观音山表演武术，我经常去看，那也真是广州一景。

记广州龙津路

我在广州的家旁边那条路是文昌路，文昌路底那条横马路是龙津路。

龙津路有个街市（小菜场），我星期日不上课，早晨常跟大人到那街市买菜。

街市很大，鱼摊很多，最好看的就是鱼摊。每个鱼摊都有一大盘鱼滑，堆得像山一样高。鱼滑中还有发菜、虾米，买回来做汤，炒鱼滑，还用来打边炉。鱼摊有一大木盘鲜鱼，大竹筒有孔放水到木盘中，让鱼有活水，可以游来游去。我最爱吃的菜心芥蓝，也在街市里买。还有卖

油炸鬼[1]和咸煎饼的档口[2]，大人就在那儿买咸煎饼给我吃。

龙津路和一条不知叫什么路的交叉口有一家粥店，到了那里大人就给我吃粥，牛肉滑蛋粥、及第粥，粥上总放些油炸鬼，这是吃粥的规矩。星期日早晨上龙津路街市和吃粥，是我一星期最大的乐趣。

龙津路上还有给我看病的中医的医寓。也

① 油炸鬼，即油条。

② 档口，广州口语，多指做小生意的商店。

有一家医院，当时广州人没有大病是不进这种医院的。我的一位姑丈（阿珠姑妈的丈夫）就是在这医院里去世的。

龙津路一直向前走，便到双门底，即永汉路，星期日下午我就沿这条路到双门底逛书店。路上还经过一家大电影院：新华电影院。我是看着它开张的，它开张后的第一部好莱坞片子是埃尔罗·弗林主演的《铁血船长》，我去看了。这片子里埃尔罗·弗林没蓄胡子，真是个美男子。

我如今九十多岁了，离开广州已八十多年，还忘不了龙津路，不知它现在是什么样子了。

我小时候坐渡船

广州最热闹的地方，恐怕算是长堤西濠口了。我常到那里，因为那里有广州最早的一家高级电影院，即大华电影院。它专门放好莱坞电影，早年《璇宫艳史》就是在那里放的。我常到那里看电影。现在高级电影院已经轮不到它了。

我小时候回乡坐渡船，渡船也就停靠在长堤旁边，粤海关对面。说到这里，我顺便讲件事。大家知道“拍拖”一词的来历吗？它与渡船有关。渡船自己不会走，是靠汽艇先拍[1]到它旁边，把

[1] 拍，广州话中，靠在一起称为“拍”。

它带到珠江上，然后从拍着它改为拖它走。这就是“拍拖”的来历。

我小时候总是晚上上渡船，第二天早晨到家乡鹤山古劳。渡船还要开到高明县[2]，古劳有小船把我们从渡船接上岸。渡船上供应饭餐，铺位像北方的炕，大家躺在上面，也有聊天聊一个晚上的。

现在渡船早已淘汰。从广州回乡非常方便，坐长途汽车很快就到，时间省多了。

② 现为佛山市高明区。

荔枝湾怀旧

我小时候在广州，住在西关，离荔枝湾不远，而学校，岭南大学分校，更是在荔枝湾旁边。夏天我常到荔枝湾游泳，并吃那里有名的艇仔粥，一乐也。

当时到荔枝湾只有一条泥路，没有什么行人。路旁是条小溪，广州话称之为“涌”，傍着许多船，船上都是以船为家的疍民[①]，船上小孩还腰挂着木头葫芦，以防落水。泥路旁种着许多矮树，也不知是否是荔枝树，没见过树上有荔枝。

泥路通到荔枝湾的游泳池，游泳池连着大

① 疍民，水上居民的旧称。

江，船只来来往往，卖艇仔粥的艇仔就是从大江过来的，供游泳者食粥。

我学游泳是自学的。我怕出丑，别人教我我学不会，包括我的父亲也教过我，没成功。我是人在游泳池里，双手握住池边的栏杆，两脚拼命噼啪噼啪打水，浮起来，渐渐松开握栏的手，是这样学会的。大家学游泳，也不妨试试我这种办法。

我学会游泳以后，暑假几乎天天去荔枝湾游泳。我游泳只在乎浸在水中凉快，求个舒服，对于游泳姿势，什么蛙式等等，一概不懂。我最爱仰泳，躺在水上自由自在，好得很。

到荔枝湾游泳，吃艇仔粥，至今回味无穷。

说大三元

我小时候在广州，长堤的大三元是大酒楼之一，甚至可以说是最有名的。当时它八元一份的鱼翅，真是全国闻名。那时候的八块钱，现在等于多少钱，请想想吧。

在上海南京路上，也曾有一家大三元，就在先施公司对面，永安公司西面。我们广东人爱上这大三元饮茶吃饭，它里面的布置，就跟广州的酒楼一样，广东人进去，很有一种亲切感。

我 1938 年春节后到上海，第一个晚上，父亲就带我进这家大三元，是和岭南中学负责人曹先生会面，介绍我见他。我到上海不会说上海话，只会说广州话，也只能到讲广州话的岭南中学读书。这学校本在江湾，抗战全面爆发，日本军占据了苏州河以北，岭南中学暂时搬到大新公司四楼，是广东人开的大新公司照顾它。我得到曹先生的帮助，进了岭南中学。

以后我经常跟着我父亲和其他亲戚到大三元饮茶吃饭。真像是在广州一样。

中华人民共和国成立前后，沿南京路的酒家都是广东酒家。中华人民共和国成立后饮食业整顿，大三元的铺面给了闽江酒家，但大三元还存在，因为它牌子太老了。它搬到了南京路与湖北路交叉口，在永安新厦旁边，就是过去一位江湖大侠打架坠楼的茶馆那里。我也继续到那里的大三元饮茶吃饭。

但过了一些日子，这家大三元终于消失了。上海也就没有了大三元。

广州大新街

大家要是到广州，不妨到大新街走走。大新街有两样东西可以看，一是腊味店，一是橄榄核雕刻。

大新街有几家腊味店，它们的店名就好玩，像是在互相竞争。一家叫皇中皇，一家叫皇上皇，一家叫太上皇。每一家腊味店都有一个宽大的天台，在那里晒腊味。负责晒腊味的人要算定有几个大晴天，少一天也不行，腊味不能晒晒停停，要连晒几个大晴天。这全靠晒腊味

人的本事。

大新街还有几家店专门雕刻橄榄核，刻成龙舟等等。本来是刻象牙的，后来不可以刻象牙了，他们就用橄榄核刻东西，甚至一粒米大小的东西也可以刻出诗句来。我说大家也许不信，不妨去看看。

我有一位亲戚在大新街开店，我在他那里住过一些日子，所以对这条街比较熟悉。

不过现在是否有变化，我就不知道了。

广州几个标志性建筑

看粤语版《七十二家房客》，片头所画几个广州标志性建筑，很熟悉，也很亲切。

一是观音山五层楼。我经常上观音山看到它。第一次上山便进楼参观古代军器，后没去过。

二是一德路果栏街的石室。名为石室，实是一家礼拜堂。我第一天到广州，父亲带我去一德路会友，就见此石室。

三是爱群大楼。它在长堤，当年是最宏伟的现代建筑。我的小学同学任溢胜在它下面经营玉石店，我曾到那里看他。但里面的饭店我没进去过。

四是大新公司和粤海关。当年回乡的渡船码头就靠近它们。回乡和从乡下回广州总看到它们。

五是观音山脚下的中山纪念堂及山上的孙中山纪念碑。这是陈济棠主政时期的建筑物，对于我来说，是我同时代的建筑，当然亲切。

叫卖声

旧日每个城市都有叫卖声，小贩从早到晚在街巷里穿来穿去，叫唤他们所卖的东西。广州叫卖的大多是食品，“食在广州”嘛。

和上海比较起来，广州当时的作息时间提早了两个小时，广州人早睡早起。那时候广州电力供应不足，晚上电灯经常断电，家家备有火油灯。大家于是干脆早点睡觉，第二天早点起来。早上四点来钟，街巷的石板就响起了木屐声。工人上工之前必去茶楼饮早茶，既是吃早点，也是与工友交流信息。晚上广州人虽也饮夜茶，茶楼也营业，但饮茶的人极少，茶楼

只供应蛋挞、萨其马之类可以存放的点心，虾饺、叉烧包之类蒸的点心没有了。不过广州晚上吃东西也有好去处，就是上大排档吃夜宵，不是早上吃的及第粥、牛肉粥之类，而是鱼云粥、鱼皮粥等等。至于电影院，营业时间也提早了，中午十二时就开始放电影，最后一场是晚上六七点。晚上除了个别娱乐场所，市区静

静的。

一早，叫卖声从五点多钟就开始。最先听到的是“白糖伦教糕”。小贩头上顶着个圆箩筐，一大片白糖伦教糕用毛巾盖着，你买多少，小贩把箩筐拿下来给你切多少。伦教是地名，这种土产却是广州大众化的名点。样子像松糕，颜色雪白，因为用白糖。也有用黄糖的，颜色是黄的。

这种糕爽滑清甜，老少咸宜。随之而来的是叉烧餐包、莲蓉餐包，其实就是叉烧面包和莲蓉馅的小面包。面包给人的印象是很洋的东西，可有些人家却购置了烤炉自己做面包卖。你还别说，生意也有做大了的。白糖伦教糕和这些面包正好给我们早上快去上学的学生做早点。

下午“食晏昼”（“晏昼”在广州话里指中午及下午，食晏昼相当于吃下午茶）的时候，云吞面、柴鱼花生粥等挑着担上市了。云吞面那的的笃笃的竹板声等于它的招牌，一听就是它。

卖云吞面还兼卖汤粉、水氽芥蓝菜心等，一直卖到深夜，是供上夜班或叉麻将的人吃的。我家附近就有一户小人家，一直在用猪骨加上柴鱼熬汤，擀面皮，包云吞，没停过。

下午街巷里有人一面大叫“阿驼霉姜！甘草榄！”，一面把火油箱当胡琴拉，还唱戏。他那沙嗓子倒有点像名伶马师曾的“乞儿喉”。我们孩子爱围着他看热闹，买点零食吃吃。

最热闹的是傍晚。这时上班的人下班了，有人要喝点酒，叫卖的都是下酒菜：“猪脚煲姜，又甜又香！”“鸭头鸭翼！”“揦辣菜，爽甜菜头！”“揦辣”是广州话形容一种辣，它使舌头受不了，相当于四川的麻辣。有人就在家门口摆张小桌子，坐在小凳子上，买这些东西下酒，自得其乐。

顺便说一下，“猪脚煲姜”本来是给生产后的坐月婆吃的，谁生了孩子你去慰问，必然吃到一小碗猪脚煲姜。而揦辣菜与菜头是广州最普遍的酸菜，店里摊头整天有的卖。那时小学生没什么零食吃，就吃这个。

冬天晚上叫卖："热蔗咧！"一段段甘蔗放在水里煮，我们孩子爱买来吃。卖蔗人用甘蔗刀给削好皮，节节刻出刻痕，吃起来很方便。我们一边吃一边还唱："有钱莫买蔗，食脏人屋舍！"嘻嘻哈哈的。

九点钟以后叫卖声没有了，大家睡觉了，街巷静下来了，只能听到卖云吞面的竹板声，反而显得更静。

这就是那时候的广州。

记忆中的味道

记龙虱

广东人吃龙虱。

记得过去河南路南京路北首抛球场的广东杂货铺广恒隆，在橱窗里总摆着一个大玻璃瓶，许多龙虱在瓶中的水里游来游去。龙虱形同蟑螂，但它们是黑色的，比蟑螂肥大。我虽天天看到广恒隆那些龙虱，但对此不感兴趣。爱吃龙虱的人可能并不多，都是些老吃客。

我总算吃过一次龙虱，是我嫂嫂给我吃的。我只见嫂嫂把龙虱一点一点剥开，只剥剩一点点肉给我吃，吃下去像吃瘦肉差不多。

这就是我吃龙虱的经历。

我虽天天看到广恒隆那些龙虱，但对此不感兴趣。

说南乳

我小时候在广州，家里人总差我到离家有一段路的弄堂口对面的酱园去打油。那酱园在一条弄堂里，我有时到酱园后面去看，那里有几十个大缸，每个大缸戴上竹笠，大缸里都是腐乳。

我们广州话叫腐乳，上海话叫乳腐。这是我们吃白粥时要吃的佐料。广州话说：“生怕吃白粥，死怕下地狱。”可是大人要孩子吃白粥，孩子只好吃，就靠腐乳了。

腐乳除了白腐乳，还有红腐乳，也就是南乳。

红腐乳当然也可以过粥，但它的用处可大了。

顺德把蝴蝶叫作崩砂。他们有一种食品叫南乳崩砂，非常好吃，就是用红腐乳和面做成蝴蝶样子，在油里炸好，又松又脆，是我们孩子爱吃的零食。

广州没有大饼，有咸煎饼，我小时候跟大人到菜场，大人会买两个咸煎饼给我吃。咸煎饼像大饼，但软软的，咸咸的，一股南乳香味，好吃极了。上海的广东食品店本来也卖咸煎饼，现在不知上海是否能吃到，我很想念这种咸煎饼。

猪肠粉

在广州，猪肠粉和沙河粉一样是大众食品。小时候在街市看肠粉摊做猪肠粉，真是好看。米浆倒在平板锅上，马上用铲子把成形的米浆卷成猪肠状，快极了。也有在米浆成形时放上肉末等食料的，于是就有肉末馅的猪肠粉了。

从吃鸡包想起

许多事情都与时俱进，但我觉得也有事情是与时俱退的，其中包括吃的东西。例如鸡包。

我一向爱吃广式鸡包，如今就让孩子到杏花楼买鸡包。杏花楼的确还卖鸡包，但已不是原来那么好吃的鸡包了。

过去我们广东的鸡包是包子里有一块鸡肉、一块冬菇，吃鸡包有如吃一味小菜——冬菇炆鸡，太有吃头了。可如今的鸡包只是在包子里放鸡肉剁碎的馅，实在跟吃肉包子差不多，也

可以说就是跟吃肉包子一样，一点意思也没有。听说这是因为上海人不习惯吃包子里带骨头的鸡肉。其实上海人不笨，会明白的。或者干脆做两种鸡包，原来的一种仍旧保留，别让它消失。我真希望广州卖的鸡球大包还是老样子，不要与时俱退。

不过我如今在上海，只能吃到像肉包子的鸡包，有什么办法呢？唉！

记广州菜心

我曾为文，说五岁从上海回广州，想念上海的年糕和雪里蕻。那么我十五岁从广州回上海，又想念广州的什么食物呢？

我马上就能回答，想念菜心。

我小时候不爱吃蔬菜，唯独喜欢吃菜心。广州的菜心清脆爽口，一盘炒菜心，一盘菜薳牛肉，太好吃了。但上海没有这种菜心。上海的油菜茎庶几近之，但没菜心清脆爽口，且一年只有两个月生产。广州菜心是一年吃到头。

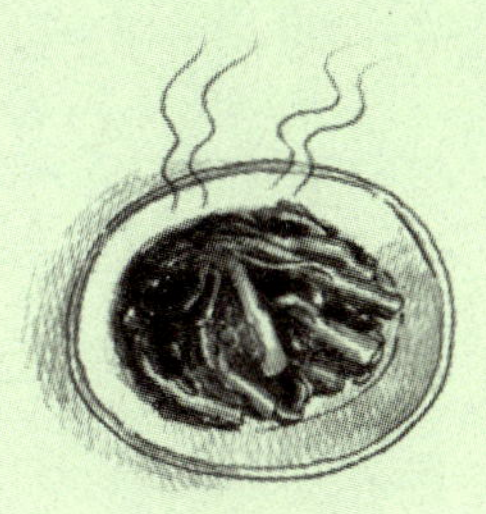

说起来上海也有广东菜农，翻译家吴墨兰女士的哥哥就是广东菜农，也生产些广东蔬菜，但种不出菜心，可能是水土关系。

在上海大酒家偶尔也能吃到广州菜心，那是空运来上海的。

我真想吃清炒菜心、菜薳牛肉啊！但这只能回广州才能吃到了。大家如有机会到广州，不妨一试广州菜心，就知道它有多好吃了。

两家德兴馆

上海有两家著名的德兴馆。一家是德兴面馆，一家是德兴饭馆。

德兴面馆在福建路、北京路路口。我在译文出版社工作期间，每天坐电车到德兴面馆附近的车站下车，进面馆吃碗大肉面，然后去出版社。我是广东人，虽说食在广州，但吃面却是上海呱呱叫，广州绝对比不上。上海吃面一大碗，面好，汤汁好。德兴面馆曾规定在八点钟前供应老人光面，即阳春面，面虽然是光的，

王大酵

没有浇头，但汤汁那么好，面就够好吃的了。这种好事不知德兴面馆现在还保持否？当时在德兴面馆下面条的是一位女同志，身手不凡，看了也赏心悦目。一位女服务员跟我很熟，她后来离开，据说自己做老板去了。传言德兴面馆所在地要拆，于是在广东路新开了一家德兴面馆。我多年不出门了，老的德兴面馆还在吗？

德兴饭馆在南市。中华人民共和国成立前，我第一次去德兴饭馆。它在一条大弄堂里，房子古色古香，完全是《点石斋画报》画的样子。中华人民共和国成立后，它搬到了人民路码头附近。

德兴饭馆最有名的是虾子大乌参。如只为果腹，我就只点一个扣三丝。这是典型的本帮菜。

有一次朋友从广州来，我就请他到德兴馆吃饭，叫了扣三丝。没想到汤有一大碗，三丝只有一小碗，扣在汤里，小碗拿掉，要吃三丝有如海里捞针，很出洋相。但愿这个菜德兴饭馆后来改进了。

改革开放初期，上海几家有名饭店曾在福建路一家饭店内联合展销，我点了德兴馆的虾子大乌参。厨师特地出来看看谁吃八块钱这么贵的一个名菜。原来他是德兴饭馆大厨的儿子，接班人，一位小伙子。我说你的手艺不错，希望精益求精，把令尊的手艺继承下去。他很高兴。这已是几十年前的事，这位年轻厨师如今也该老了，带出不少徒弟了吧？

说腊味

广东人冬天爱吃腊味。

记得我在广州时，广州大新街有几家著名的腊味店，曰皇中皇、皇上皇、太上皇。每一家都是呱呱叫的腊味字号。

我家腊味是我妈妈亲手做的。她自己做腊肉腊肠。买来肠衣，她塞进自己调味的肉末，晒干制成腊肠。腊肠里也可以塞进一些猪肝，是为肝肠。我爱吃我妈妈做的腊味。我当时不吃肥肉，为了我，她做的腊肠不用肥肉，是精瘦的腊肠。

小时候我和弟弟吃饭时，一根腊肠对半分。

秋收后的美食

在广州，秋收后就有两种美食热热闹闹地上市。

其一曰禾花雀。禾花雀就是麻雀，秋收后它们到稻田啄食留下的稻谷，吃得肥肥胖胖。烧味店就把它们像制油鸡一样制成禾花雀，一串一串出售，喝酒的人过酒吃，当其乐融融吧？

其二曰禾虫。禾虫就是稻田中的虫子，外江佬在菜场看见它们一定吓一跳——它们在木盆里蠢动，就像一盆蛆虫。但广州人把禾虫与鸡蛋、粉丝、油条、榄角一起制成美味的蒸禾虫，我小时候就很爱吃。几十年没能吃到，真想吃啊！

说芋仔和芋头

广州话的“芋仔”，就是上海话的“芋艿”，芋仔牛肉是我小时候最爱吃的家常菜。芋仔切片，上面放上牛肉片，蒸熟上桌后，用筷子把芋仔捣烂，与牛肉片拌在一起，真好吃。

中秋节赏月，吃月饼，也吃蒸熟的一个个芋仔。

我在广州荔枝湾岭南分校读小学时，小学前面是一个池塘，上面全是大叶片，芋仔就在大叶片下面，水下的泥里。

八十多年过去了，此情此景我还记得清清楚楚。

就好像说过孩子再说说他们的老子，说过芋仔顺带说说芋头，大个的芋头也叫槟榔芋。

芋头烧的都是大菜，芋头扣肉、芋头蒸鸭，等等。

芋头还可以做芋头糕，与马蹄糕、萝卜糕并列。

有名的芋头就是荔浦芋。芋头与芋仔不同，它们不是长在水下，而是在干干的泥里。

我喜欢吃芋头。

从马拉糕说起

大家知道，马拉糕是广州很常见的糕点。依我想，这种糕是广东点心师傅仿制马来西亚的糕点而来的，故称马拉糕，即马来糕。

广东点心师傅很了不起，他们学来外地点心的做法，加以改造，制成完全广东式的糕点。马拉糕即其一例。

广东师傅改造外地糕点，有时连名称也用上外来糕点的名称，但没有人怀疑这是广东点心。例如蛋挞、椰挞，当然是广东点心，可是

那个“挞”字音译自英文的“tart”。吃的人却不管这个，认为蛋挞、椰挞就是广东点心。

还有广东的萨其马，是仿制北方萨其马，但北方萨其马是硬的，广东萨其马样子一样，却是松脆的。名称不改，吃一吃便知是北方的萨其马还是广东的萨其马。

我真佩服广东的点心师傅。我这个广东人向他们致敬！

腊味

广州夏天天气热，要到秋风起，冬天到，腊味才大受欢迎。不过这说的是几十年前。如今有冷气，大热天都可以很凉快，吃腊味不必等秋冬两季。

广东腊味确是美食，有腊鸭、腊肉、腊肠，腊肠又有腊肉肠、腊肝肠[①]。小煲腊味饭，香喷喷，太诱人了。

我吃过一次忘不了的腊味饭，记不得是在香港还是在广州。可能是在广州十八甫一家腊味店。这家腊味店出售蒸好的腊味饭。我进去

① 腊肝肠，广东人用“膶”代替肝，以求吉利。

吃了一盅，太好吃了。腊鸭、腊肠、腊肉都有一点，那么多腊味蒸出来的饭有多好吃，可想而知。我忘不了那一盅腊味饭。

腊味饭好吃，煮腊味饭又极方便。只要先煮饭，到饭开始滚时把准备好的腊味铺在饭上，等到饭熟，腊味也就熟了。广州不是有句老话，叫“咸鱼腊肉，见火就熟”吗？不过可让饭多焖一会儿，然后把腊味拿出来切好装盘即可。吃腊味饭既省事又好吃，何乐而不为呢！

秋天了，冬天也要到了，大家就买点腊味，在家里煲腊味饭吃吃，享受享受吧！

煲汤

我小时候不怕吃中药，可是我小时候怕吃一样东西，那就是煲汤。

也不知道是不是因为气候的缘故，我发现广州人特别怕火气大，爱喝凉茶，爱吃所谓“坠火”（即降低火气）的食物。在广州，你到处可以看到卖凉茶的铺子，两个大铜煲，斟出来的是滚烫的药茶。招牌上大字写的是凉茶，斟出来的茶却滚烫，怪不得外地人会上当：走了热路想喝杯冰凉的茶，结果却端来一碗滚烫的苦茶。我小时候最有名的凉茶是王老吉，王老吉老店就在我家附近的闹市第十甫。那里除了有

老吉凉茶庄
王老吉
凉茶包
王老吉凉
注册

许多凉茶铺，还有许多卖生草药的店。广州人煲汤要用生草药，材料就是从这里买来的。

我小时候家中有个规矩，星期日中午必定煲汤。汤里要放进不少生草药，绝非熬苦药，是很正常的煲汤。只是煲的东西很特别，是炖猪肺、猪肠、猪小肚（膀胱）、猪横脷（沙肝）、羊肉等，再放进各种生草药。我小时候不吃猪肺、猪肠、羊肉这些东西，再加上味道古怪的生草药，例如罗汉果，甜得发腻，我实在受不了。但家中规定人人都得吃上一碗，逃也逃不掉。我觉得是活受罪，可是看到大人吃得开开心心，十分奇怪。

煲汤本来是广州家庭的传统菜，目的是为了坠火。如今煲汤已成了广东菜即粤菜的重要品种。不过大家上粤菜馆尽可以放心吃这道菜，因为厨师已经去掉怪味，不那么难喝了。当然，我现在爱吃羊肉，什么都吃，不像小时候那样拣饮择食，这也不吃那也不吃了。小时候我实实在在实实在在怕煲汤！

广州人不但吃饭吃煲汤，吃点心也讲究坠火。我下午放学回家总有点东西吃吃，如番薯糖水、红豆沙、绿豆沙之类，但有时会来碗荷叶冬瓜粥、腐竹白果粥，全是坠火的，甚至还有去湿粥。什么叫去湿粥？那是在药材铺或生草药店买来一包包的去湿粥材料，用来煲粥。去湿粥材料包括乌眉豆等，虽有点草药味，但吃得下去，我没有反感。

猪脚煲姜

买来南乳猪手，好吃。我不禁想起小时候在广州，傍晚时许多老人在家门口摆出凳子和矮凳，在那里喝酒。这时便有小贩来吆喝“猪脚煲姜，又甜又香”，生意很好，那一定是极好的过酒菜。这时候街头巷尾好热闹啊。不过那时候我不吃肥肉，猪脚煲姜再好吃也没我的份！回想起来，这样好吃的东西我错过了！

广州粥品

食在广州，真是不假。在广州，连粥品也是著名的美食。

我住在广州时，巷尾有一家人专门用柴鱼煮粥，卖柴鱼花生粥，价廉物美。他们还以柴鱼粥作为粥底，配料制成好多种粥。

我小时候，每星期日早晨总到广州龙津路一家粥店食牛肉粥，加个蛋在粥里调匀，真好吃。我在荔枝湾上学，暑假每天到荔枝湾游泳，在那里吃到有名的荔湾艇仔粥。粥中放鱿鱼丝、海蜇皮丝、蛋皮丝、烧鸭丝等，很有特色。

广州粥的名称也很有意思。大家知道广州有及第粥。一碗粥，怎么有这样文雅好听的名字呢？真了不起。盖及第者，三元及第也，在粥内用上三种食材，如猪肝、猪腰、猪肠，三种食材成一碗粥，岂非三元及第乎？

粥店总有一大鼎煲白粥，你要吃什么粥，就从鼎煲内舀出一小锅白粥，在这一小锅白粥里配上其他食材，制成你所要的粥。

如要牛肉粥，就在大鼎煲里舀出的一小锅白粥里面放上牛肉片；如要鱼片粥，就在白粥中放进生鱼片，马上就做好你要的粥。

过去还有鱼生粥，生鱼片不放在小锅中煮，

而是放在一个碗内，把滚烫的粥淋在上面，就完成了。

中华人民共和国成立后，因为讲卫生，鱼生粥不卖了，只卖鱼片粥。不过还是有顾客悄悄请卖粥的帮忙，弄碗鱼生粥吃吃。那些顾客都是“老鬼”，如今应该已经没有了。

我生在上海，上海过去有不少广东粥店，我家附近，北京路、江宁路路口两边就各有一家，西藏路大上海电影院对面也有一家，这些粥店，我是经常光顾的。

附带说一句，广东人爱吃粥，是爱吃有味粥，不爱吃白粥。我从小就不吃白粥，除非是生病。

荔枝湾艇仔粥

谈到广州美食，总少不了提到荔枝湾艇仔粥。我小时候在广州，住在西关，学校就在荔枝湾旁边。暑假我天天到荔枝湾游泳。

荔枝湾有个天然大游泳场。这游泳场通江面，船只可以自由出入，卖艇仔粥的小艇也就进游泳场来卖粥。在游泳场游泳，休息时吃碗艇仔粥，真快活。

艇仔粥是用柴鱼熬的，在粥内放入鱿鱼丝、

海蜇皮丝、烧鸭丝、油炸花生米和蛋皮丝等等，很好吃。它也就成了广州美食。我小时候到荔枝湾游泳，天天吃。

记得上海利男居饼家也曾供应过艇仔粥，我去吃过。不过如今上海已经吃不到这种艇仔粥，要吃只能回广州去吃了。

不过自己家里也可以试试看煲这种粥，材料并不复杂。只是我已无能为力，说说而已。

说金华火腿

金华火腿是天下美食之一。我吃到过的最好吃的金华火腿，是在过去抛球场丽华公司对门万有全买的。万有全火腿店有个很高的砧板，去买火腿，店中师傅就站得高高的，从一只火腿上割出一片片薄片给我们。火腿价贵，平时不会买，只有生病了我才吃得到，家里人买火腿让我过白粥。

可以说，自从没有万有全以后，我就没吃到过那么好吃的金华火腿。到金华也吃不到。

有一年，浙江师范大学蒋风校长请我们到

学校讲课，住在金华一家宾馆。他请我们吃饭，就有金华火腿，虽然好吃，但绝不能同万有全火腿店的比。当我们到学校，在学校吃饭时，蒋风校长听了我的陈述，请学校厨师特地为我们做金华火腿，但结果一样，虽然好吃，还是及不上万有全的火腿好吃。

我希望万有全师傅处理金华火腿的本事能流传下来，让我们吃到我曾吃到过的真正美味的金华火腿。

小时候的零食

炒米饼

我小时候的零食

我小时候在广州，零食品种真是丰富。有些我如今想起还流口水。

第一样是虾子扎蹄，名为扎蹄，实是素食，是把豆腐衣紧紧裹成蹄状，当中密布虾子，吃时把扎蹄切成一片一片地吃。

还有大良崩砂。大良是顺德一个著名的镇，有许多产品，如大良牛乳。崩砂就是蝴蝶，大良崩砂是把加了料的面皮做成蝴蝶状，在油里炸。我们就一只一只买来吃。大良崩砂亦称南乳崩砂。

再有就是麦芽糖。麦芽糖弄成面团似的，你买多少，摊主就用小棍子绕几圈给你。

吃得最多的而且最受欢迎的是咸酸菜。这是老少咸宜的零食。傍晚卖咸酸菜的就叫卖：“揀辣菜，爽甜菜头！”我小学旁边广场上有个摊子卖菊花糖茶和咸酸菜之类的，我们常常去买。

广州有好多种饼。如佛山盲公饼，是炒米饼类，但松甜；如广州河南的小凤饼，俗称鸡仔饼；如广东南海的西樵大饼。

再有就是花生了。咸脆花生、咸干花生，

一种脆，一种烟烟韧韧[1]，味道完全不同。花生当然是我们孩子最喜欢的零食，谁小时候没吃过花生米啊！

广州的山芋食品也很丰富。番薯干，这是普通的。有高级的山芋食品，煮熟后把皮剥掉加上调料烘干，是出口的食品，海外华侨非常喜欢。

最后自然要说我们岭南特产荔枝。“日啖荔枝三百颗，不辞长作岭南人。”跟桂圆干一样，广东有荔枝干，是好吃的食品，也是补品，出口的。

小时候在广州，零食真是太多了，说也说不完，先说到这里。

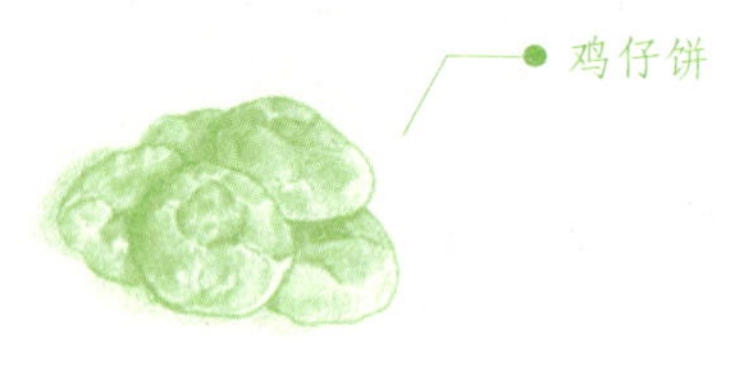
鸡仔饼

① 广东话中，指食物有韧性，不易断。

蚕蛹

广东顺德人养蚕，养蚕忙时，在我家打工的妹姐就回乡对付蚕事，回来时总带来许多蚕蛹，非常好吃，我们就当零食。几十年没尝到那味道了，可是一想到它们就想出那味道来。我现在就想到它们的味道。

番薯·山芋·大米

我小时候在广州读小学，下午放学回家，常常会吃到一碗甜蜜蜜的番薯糖水。广州话中的番薯，就是上海话中的山芋，番薯糖水也就是山芋汤。

山芋对于小孩子真是好吃的零食。我特别喜欢上海的烘山芋。烘山芋皮焦焦的，剥开来，山芋肉甜甜糯糯，太好吃了。烘山芋过去常可以在街头巷尾吃到，可是现在似乎不易吃到了。

山芋现在对于我们只是零食，可在旧社会，穷人没钱买米，吃不到饭，往往就以它充饥，所以在我广东家乡，它还有一个名字，叫作大米。

记炒米饼

小时候在广州常听到儿歌唱：

氹氹转[1]，菊花园，
炒米饼，糯米团。
五月初五是龙舟节呀，
阿妈叫我睇龙船。
我不睇，睇鸡仔，
鸡仔大，捉去卖，
卖得几多钱，通通给阿妈，
买套新衫给阿妈，
买套新衫给阿爸。

① 氹氹转，团团转的意思。

这里唱到的炒米饼，是我小时候经常吃的零食。记得我吃到的炒米饼不是从店家买来，而是从乡下带到省城的。乡下自家用饼模和炒米粉做炒米饼，形状和香港陈意斋的杏仁饼一样。但杏仁饼是淡黄色，很漂亮，而炒米饼是淡赭色，并不漂亮，但看了很亲切。

炒米饼有的松脆，有的很硬，实在需要牙力好才能吃。炒米饼内还夹有花生米。我小时候一面看书一面啃炒米饼，真开心。

荷兰水

我小时候在广州，汽水叫作荷兰水，是很难得一见的东西。我有一位亲戚在沙面工作，有一次他特地带两瓶荷兰水来给我。当时沙面是租界，所以有荷兰水。

当时的荷兰水没有瓶盖，瓶里有一粒玻子，就是玻璃小圆球，玻璃弹子，它封住瓶口。把瓶子侧放，玻子就顶住瓶口，汽水出不来。我们后来玩打玻子，就是玩这种荷兰水的玻子。

当时在广州，荷兰水不是普通人的饮料，

是很高级的，市面没有卖。我的亲戚在沙面工作才会有。

后来我到了上海，汽水已是大众化的东西。不但有荷兰水，还有橙汁、可口可乐，荷兰水就不稀罕了。

可是有一种汽水，后来我好久饮不到，就是沙士汽水，我好中意饮这种汽水。直到我到菲律宾访问，才在一个俱乐部里喝到。

说橄榄

我乡下祖居门前有一棵很大的橄榄树。树上结出一串串橄榄，孩子们就兴高采烈，拿长竹竿把橄榄打下来吃，也送去给大人。

橄榄不但可以生吃，还能制成甘草榄、和顺榄，是大人小孩很好的零食。

橄榄又是很好的食材，榄角是过白粥的食品，又可以用来烧别的菜。榄核里面那点肉称为榄仁，榄仁鸡丁是名菜。

橄榄核可以刻成名贵的雕刻品，有一些佛珠就是用刻得很精致的榄核穿成的。

橄榄还表示好兆头。过年时来客人，送上一杯茶，茶两边放两个橄榄，那就是一杯元宝茶，客人高高兴兴，就在全盒[1]上放一包利是。

橄榄，我们广东人叫白榄。粤曲还有“数白榄”这样一种唱法。

---

① 全盒，专门盛各式小吃的器皿。

云吞

云吞乃普通话馄饨之广州话音译。广东云吞就是肉云吞、虾仁肉云吞，但上海云吞还有菜肉云吞，还有皱纱云吞、大云吞、小云吞等等。小时候大人带我到三角地小菜场楼上吃一碗云吞，我开心得不得了。福建有燕皮云吞，四川云吞汤是辣的，我看到四川人吃完云吞，还高高兴兴饮那碗汤，很辣很辣的汤。

过去深夜还有敲竹板卖云吞的，供叉麻将的人吃宵夜。如今人们生活好转，没人做这个生意了。

小时候大人带我到三角地小菜场楼上吃一碗云吞，我开心得不得了。

鸡屎果

我小时候在广州，有一样水果吃得很多。这水果有个很雅的名称，叫番石榴，可我们都叫它鸡屎果。这水果样子像梨，但连皮全部可以吃。它有一种怪味，有点腥气。但因为又多又便宜，我们孩子就作为零食吃了。

这种水果没有来过上海，因为不值得运来，再加上怕上海人不爱吃，讨厌它。

几十年前，我们儿童文学工作者在厦门开会，我又见到了这种水果。因为久违了，有点怀旧，我买了几个带回上海。上海朋友看见我买，在上海又没见过这种水果，也跟着我买了些回上海。真没想到，在火车上这些鸡屎果怪味越来越厉害，连我过去吃惯鸡屎果的人也受不了。可是没办法，只好忍耐着，还给别的旅客道歉打招呼。到了上海，我不把它们给妻子孩子，都给了妈妈。她是广东人，也许会跟我一样怀旧，吃上一两个。至于她后来怎么处理这些怪味水果，我就不问了。

臭豆腐

在上海，臭豆腐是我喜欢的零食，广东是没有臭豆腐的。每天下午臭豆腐担子就在大街小巷叫卖，现炸现卖。甚至深夜还能听到臭豆腐的叫卖声，那是供应夜间叉麻将的人吃夜宵。

几十年前，有一次我陪陈伯吹和何公超两位前辈去平湖体验生活。那里有一个阶级教育展览馆，有塑像，是地主虐待一个婢女。下午两位老人家在旅馆二楼写文章，我听到街上叫卖臭豆腐，就下楼买些上来给两位老人家当点心。他们吃得很高兴。

译文出版社第一任社长周晔同志是鲁迅先生的侄女，周建人先生的女儿，她特别爱吃臭豆腐，会请厨房替她买些生的臭豆腐带回家。食堂中饭供应臭豆腐，但那不是炸的，是蒸的。这也是大家喜欢的菜。

我家是广东的，从没有臭豆腐这个小菜。我吃臭豆腐就靠卖臭豆腐的担子和食堂的臭豆腐了。

我已好久没吃到臭豆腐，但不久前我家附近开了一家专卖臭豆腐的店。这店供应各地的

火宫殿

臭豆腐，倒让我吃到不同的臭豆腐。这也让我想起我曾到湖南出差，当地人民出版社请我吃饭，地点在毛主席称赞过的“火宫殿”。“火宫殿”相当于上海的城隍庙。毛主席曾说过一句：“火宫殿的臭豆腐还是不错的。”毛主席在湖南读书时大概常到那里吃臭豆腐。湖南朋友请我在那里吃饭，那一桌菜实在丰盛，还有用湘莲做的莲子羹。吃到最后，就上该店最有名的压轴大菜：臭豆腐。可是同桌的湖南朋友没有一个人动筷吃臭豆腐，只有我为了尝一下有名的湖南臭豆腐吃了一点。臭豆腐就是臭豆腐，没什么特别的，不过也确实不错。

回头再说我家附近那臭豆腐店，我请孩子买回上海臭豆腐试试，实在与心目中的臭豆腐不同，没那么好吃。也许是我久不吃臭豆腐，把上海过去的臭豆腐想得太美了。

糖炒栗子

抗战爆发后，1938年初我从广州到上海，最喜欢的零食是糖炒栗子。

当时我在大新公司（今中百一店）四楼岭南中学读书。岭南中学是广东人的学校，原在江湾，因战争关系，得到同是广东人开的大新公司帮忙，大新公司供它的四楼给岭南中学开学。我初到上海，不会上海话，只会广州话，得到岭南中学教务主任曹先生帮忙，到该校插班。

当时我住在四川路、北京路路口附近的腾

鮮菓
糖栗

凤里。每天放学沿南京路到河南路路口丽华公司那里拐弯。丽华公司旁边是家大水果店，门口有个摊卖糖炒栗子。现炒现卖，炒出来的栗子放在小桶里，用毯子盖着。我经过总要花八分钱买一小袋，回家和照顾我的奶婶分享。

这里买到的栗子粒头不大，剥开来栗子肉又糯又甜，实在可口。

我们广州也有糖炒栗子。世称食在广州，但广州的糖炒栗子就无法与上海的糖炒栗子比。上海糖炒栗子用良乡栗子，广州的糖炒栗子粒头大，一个一个栗子出售，栗子壳在当中爆开。广州糖炒栗子的栗子肉又硬又粗，而且不是很甜，根本无法与上海的糖炒栗子相比。因此应该说糖炒栗子食在上海，而非食在广州。

广州的茶楼和茶室

已经很久没有回广州了。改革开放后，曾与上海朋友回去过一次。

早晨三四点钟，又热又有蚊子，睡不好，我对朋友说：“别睡了，我们饮茶去！”

大家知道，广州人有一早饮茶的习惯，我小时候在广州，早晨三四点钟就听到石板街上木屐“踢踢踏踏”的声音，大都是上茶楼的。

那时候上茶楼除了饮茶吃早点，还谈工作，有人在那里招工，有人到那里谋职。

茶楼上姑娘们捧着一簸箕一簸箕点心在茶

客中兜售，后来改为推点心车了。

男招待不断给茶客加滚水，有茶客离开，他数点心盘子向账房先生大声报数，让茶客埋单。

真是太热闹了。

广州茶楼多，比较热闹的地方就有。第十甫就有陶陶居、莲香楼，都是大茶楼。

我小时候喜欢跟大人上茶楼，吃的东西多，看看野景，好玩极了。

茶楼就是闹猛[①]，因此后来有了茶室。

我进的第一家茶室在永汉路财厅前商务印书馆对面，在当时的上海杂志公司楼上。

茶室完全仿效咖啡馆，十分幽静，没有女招待端点心兜售，而是在点心单上点点心。

茶室适宜于朋友谈天，男女朋友谈心，而与茶楼那种哇啦哇啦大谈工作等等不同。所以茶楼茶室各行其是。如今盛行茶餐厅，茶室应被取代了吧。

① 闹猛，繁忙、热闹的意思。

广州还有所谓茶居。我已想不起来哪一家茶居，所以无法说明。我想，茶居大概是小型的茶楼吧。

我爱吃蚕豆

我爱吃蚕豆。

小时候在广州，广州不产蚕豆，但能吃到江南运来的蚕豆，煮熟了卖，按粒卖的。这是我小时爱吃的零食。

后来到了上海，吃蚕豆就没问题了。可以吃到刚长成的蚕豆，煮熟的蚕豆几乎天天能吃到。记得福州路、浙江路路口有一长年卖煮蚕

豆的档口，那些蚕豆主要供到旁边王宝和酒店喝老酒的人过酒用。

在上海，咸菜豆瓣、咸菜豆瓣汤是家常菜。

还有五香豆，这是我牙齿好的时候最喜欢的零食。

我爱吃蚕豆。

谈广东人饮茶

大家知道，广东人爱上茶楼饮茶。广东人上楼饮茶，无非与朋友聊天，吃些点心，对茶并不讲究。我小时候随大人上茶楼饮茶，大人总叫“菊井”，即菊花龙井。龙井兑上菊花，只有菊花味，还会有龙井味吗？

广东人不像江浙人那样会品茶。我真佩服江浙人品茶的功夫。泡一杯茶，泡一小壶茶，慢慢品尝，太雅了。我小时候在广州，家家有个大茶壶，早晨就泡好一壶茶，随时加滚水，喝上一天，客人来了就斟给客人喝。冬天还给

这大茶壶装一个套子。我小时候家里就这样，我也不知有多少次用茶壶斟茶招待客人。

我到底长期生活在上海，也学会点江浙人品茶的习惯，会买些西湖龙井茶叶泡一小壶茶，边看书边喝茶，自得其乐。这真要谢谢江浙人教会我这种享受办法。假使照广东人的饮茶习惯，会有兴趣到城隍庙、湖心亭泡一杯茶坐上半天吗?

不过广东一定也有善于品茶的人。我这里只是照我所见讲的，要是得罪了他们，请原谅。

广州茶楼忆旧

小时候在广州，记得在茶楼有些规矩。

那时候茶楼的茶具不像现在那样经过消毒，都要茶客自己处理。跑堂总给茶客冲一盅滚水，茶客就在这盅滚水中涮茶杯筷子，一个一个茶杯地涮。冲好的茶第一杯不喝，也用来涮茶杯，涮好倒掉。其实这办法也很好，因为刚泡出来的茶，第一杯味道并不浓。接下来就开始饮茶了。

我们喝的茶往往是菊花加龙井，称之为“菊井”。可不能叫“菊龙”，因为在广州话里，“菊龙”这个音另有意义，是“气得头上青筋暴露”，就是憋着一肚子气，就是发脾气。

广州人有上茶楼饮茶的习惯。上茶楼并非

为了吃，而只是散散心，与朋友聊聊天，老茶客也是老朋友。

广州店铺职工都有上茶楼的习惯，他们轮流去，老板、账房先生先去，他们回来后伙计再轮流去。也不为吃，就是一盅两碟：泡一壶茶，叫两碟点心。

中华人民共和国成立后我回广州，还有新花样：不认识的人，大家围坐一桌，当中一个大茶壶，花很少一点钱，在茶壶中放一小包茶叶，大家都斟这大茶壶的茶。这样茶钱很便宜，又满足了饮茶的习惯。这倒是老百姓的新创造。

瓜子

吃瓜子恐怕是我们中国人的习俗，外国人似没有吃瓜子的。

我曾坐火车从苏州到上海，对面座位上坐着一位越剧名演员，她旁边是一位侍候她的姑娘。这位演员从坐到座位上起到到达上海为止，她一粒又一粒，没有停止过吃瓜子。

想起小时候在广州过年时的全盒，当中一格就放瓜子，是红瓜子。过年我负责全盒，一直让这一格红瓜子摆得满满的。有人来拜年，

总是在这一格上拿几粒瓜子，放上个红包，是为“有银”，我随即又把瓜子放满。

小粒的红瓜子我从来不吃，我看男士也不吃。我却爱吃大粒的葵花子，瓜子肉也大，咸咸的，很好吃。还有大粒的南瓜子，我也吃。碰到摆喜酒什么的，总摆着一盘盘南瓜子葵花子，供客人们聊天吃零食用。

想起过去书场内，一面嗑瓜子一面听说书，好悠闲自在啊！

我是一个戏迷·书迷

粤语片

我从小是电影迷，不但看了许多好莱坞电影、国语电影，还看了许多中国香港拍摄的粤语片。

粤语片中有一位著名滑稽明星林坤山，专演上年纪的人，我还记得他有一出戏的广告上写着“孤枕独眠双脚冻，冇人冚被（没人盖被）冷伤风”。著名的演员还有不少，如李绮年、吴楚帆等等，林云裳来上海前也拍粤语片。我小时候只会说广州话，自然对粤语片情有独钟，看国语片还得看银幕旁的字幕。我有一次在广州陪母亲看《夜半歌声》，还帮着把字幕读给妈妈听，太吃力了。名伶薛觉先夫妇拍的粤语片《白金龙》，曾轰动一时呢！

如今普通话普及，粤语片的作用就没那么大了。

小时候看京戏

广州人不看京戏，从未有大京班到广州演出。但在广州也能看到京戏，那就是到大新公司屋顶游乐场，那里有一个大京班舞台，那是为外江佬开设的。乡下有亲戚到广州，我陪他们到大新公司屋顶玩，他们看广东戏，我到处逛，看电影，也到大京班舞台前看看。京戏化装好玩，包公就把脸勾得很好看。那里白天看京戏的人不多，晚

上可能多些，因为外江佬下班了。

我成京戏爱好者是到上海以后，那时我并不懂京戏，坐在京戏舞台前，好奇而已。

不过广州人虽不看京戏，却知道梅兰芳。当时有个香烟牌子叫“梅兰芳牌”，再加上梅兰芳出国演出，这是全国闻名的大红人，广州人怎么会不知道呢！

我爱广东音乐

现在广州的中学生不知道怎么样。全面抗战爆发前我在广州念小学的时候，中学生大哥哥们都是广东音乐的爱好者，他们自发组成音乐小组，自备乐器，有扬琴、笛子、二弦、月琴等等，每天午膳时间，就在课堂里演习。每次开联欢会，他们总要上台好好表演一番。有时还会邀请粤剧名演员来联欢，记得有一次就请来了著名粤剧演员伊秋水。他当堂唱戏，我的中学生大哥哥们给他伴奏，真是从来没有这样热闹过。不但我们学校的中学生爱好音乐，学校外的年轻人也有爱好音乐的。

和我们学校隔一条小溪的，是一座园林建筑。隔着小溪望过去，只能看到山丘和园林，经常有年轻人在那里集会，练习广东音乐，每次总要演奏好多首广东的曲子。我们在小溪这一边听得真过瘾。

我小时候在广州到处听到广东音乐，熟悉极了，我也会哼哼唱唱，不过我不搞音乐，也不知道这些熟悉的曲子叫什么名字。我知道名字的广东曲子只有一首《步步高》，这首曲子知道的人太多了，不但广东人知道，外地人也知道，我自然也知道。可是广东音乐在中华人民共和国成立前走上过一条歧路，即用西洋乐器代替原来的广东乐器，广东音乐工作者都拉起小提琴来。这件事中华人民共和国成立后才改正了。

我长大后一直爱好西洋古典音乐，根本没把广东音乐放在心里，我父亲爱听广东音乐，我还觉得他保守落后呢。

一直到最近，我孩子在手机上常放广东音乐，真是久违了，竟然勾起我怀旧之情。一听到广东音乐，就会回想童年，回想小时候的广州。特别现在我在上海，回想家乡，这种感觉就更强烈了。我一下子觉得广东音乐实在有特色，婉约轻快，一听就是充满南国情调，和其他地方的音乐味道两样。我只觉得现在越来越爱听我从小听惯的我们这南国情调的广东音乐。

我爱广州，我爱广东音乐。

我小时候流行的歌曲

我忽然想起，我小时候在广州读小学时，有几支歌为大家传唱，影响深远。这些歌曲是当时进步青年唱的流行歌曲。

一首是《毕业歌》，聂耳作曲，是电影《桃李劫》的插曲。“同学们，大家起来，担负起天下的兴亡！”它号召学生们起来抗战，保卫祖国，别再忍受日本人的欺凌。

一首是《渔光曲》，同名电影的插曲，“云儿飘在海空，鱼儿藏在水中，早晨太阳里晒渔网，迎面吹过来大海风”，写出渔家的苦难。作词

者安娥是田汉的夫人。作曲者任光，抗战时在新四军工作，不幸牺牲。

一首是《开路先锋》，作曲者聂耳，歌唱者有金焰等人，是电影《大路》的插曲：“轰，轰，轰！哈哈哈哈轰！我们是开路的先锋！”号召人们不怕困难向前闯，抗击敌人。

一首就是现在成为国歌的《义勇军进行曲》，聂耳作曲，那是电影《风云儿女》的主题曲，不过时间已经晚些了。

我爱漫画

我小时候，漫画给了我快乐。

我喜欢看连载的漫画。广州有一个《国华报》，它有连载漫画《何老板》。记得这漫画的人恐怕已经很少，可是我没忘记过。我还记得它有一组漫画：何老板买了一张桌子，发现桌子有点高低不平，于是他亲自动手，把略高的那边桌子腿锯短，没想到这边桌子腿锯短，另一边的桌子腿又嫌高了。于是他又锯另一边的桌子腿，结果这一边的桌子腿又高了。锯来锯去，桌子不成桌子，倒成有高有低的矮山凳了。生活中是有这种事的。画得真有趣。不过《国华报》

是广州的报纸，外地看不到。

全国风靡的漫画人物，当数叶浅予的“王先生”了。王先生后来还上了大银幕。影响大的漫画人物还有黄尧的“牛鼻子”，张乐平的“三毛”。不过三毛那时候是个小少爷，不是后来更受欢迎的苦儿三毛。

我在广州读小学时，每星期日总到双门底永汉路看书，也一定到上海杂志公司看杂志。后来我在上海译文出版社工作，同事张鸿志就是上海杂志公司的“小开”，那时候坐镇该书店，我是他的忠实主顾，不，忠实的看书者，因为我买不起那些杂志。我在那里总要看漫画杂志，这杂志公司也很好，随便顾客翻阅杂志，不干涉。当然，我是电影迷，还翻电影杂志。什么胡蝶出国，我看得特别起劲。

《王先生》等漫画不仅好看，还给我们揭露了社会百态，批判不合理现象，很有意义。看漫画不仅给我快乐，还给了我知识和教育，我感谢漫画，当然，我也感谢漫画的作者。

公仔书

我出生在上海虹口闵行路，在一生的头五年中，给我快活的是公仔书。

公仔书就是连环画。那时候大人不管什么儿童教育，从不买儿童读物给我看。我就满足于从公仔书摊租公仔书看。

那时候的公仔书画得很粗糙，可我不在乎。每天大人给我租来公仔书，我只管看故事，也就知道薛仁贵征东，薛丁山征西。我最崇拜的人物是狄青。

我不但看公仔书，而且照着书中的公仔描画，想起来，公仔书是照京戏人物画的，所以我记忆中学着画出来的公仔，都是京戏中人物的装束。我回想我画的人物类似京戏中的黄天霸、武松。我的父亲开的是纸行，纸张不缺，我每天就画啊画啊！

应该说，公仔书，也就是连环画，是我的启蒙读物。我读《小朋友》和《儿童世界》等儿童杂志，已经是在广州读小学的时候了。

长大后我倒认识了几位编画公仔书的名家，如赵宏本同志。他们告诉我很多事。中华人民共和国成立前后，在大上海电影院对着的那条凤阳路上有好多家出版公仔书的书店。早期画公仔书的主要作者只画主要场面，其背景等由助手完成。差不多一天一本，速度极快，天天要出新书。画公仔书的助手都是学徒，生活很苦的。

我小时候看的公仔书是小本子，上面是文字，讲述故事，下面是图画。这种形式保持到中华人民共和国成立后。后来公仔书的版式漂亮了，已不是传统的小本子旧形式。

我和图书馆

我从小爱看书，是个书迷。在广州念小学，家里楼上楼下就有两个大书橱，不但有西游三国，还有福尔摩斯什么的。

1938年年初，我从广州逃难到上海“孤岛”，在上海一本书也没有，苦啊！空了就跑到福州路几个大书店看书，又没法买很多书，不能解决看书的渴望，怎么办呢？就在这时候我有一个大发现：当时南京东路慈淑大楼楼上有一个“量才图书馆”，免费出借图书，每次可以借一本。那真是解决了我的大问题，我就到量才图书馆借书看。有时候上午借书，一口气看完了，下午就还书，另外借一本。那里有什么书就看什么书。记得我还看了袁牧之写的关于化装术的书。

图书馆从此就成了我追求的地方。有一段时间，我每天到西藏路八仙桥青年会去，那里二楼大厅有一个很大的阅览室，周围都是书橱，读者可以自己把书拿出来看，不过是不外借的，我就坐在那里看书。记得我最早看普希金的作品就是在那里。青年会旁边就是饭馆，大世界对面还有一个红烧羊肉面店，中午我就到那里进餐，进餐以后再回来看书。

跑图书馆于是成了我的习惯。我也去我家附近虎丘路亚洲文会博物院楼上的图书馆看书，不过那里收藏的都是英文书，我就借书看插图。

我真是感谢图书馆。我大学毕业写毕业论文，就专门到淮海路、乌鲁木齐路路口的鸿英图书馆看资料。

改革开放以后，上海译文出版社创办《外国文艺》，我更是天天跑上海图书馆。当时，只有上海图书馆订得到外国文学杂志和外文书，我就到那里去寻找资料，再加上图书馆同志的大力帮助，这才把《外国文艺》办起来。

图书馆是我们学习和收集资料的好地方，我爱图书馆，希望大家也多多跑图书馆。

谈我的读书

我从小是个书迷。小时候看章回小说。中国“四大名著”我爱读三本:《西游记》《三国演义》《水浒传》。还有一本《红楼梦》我看不下去，这本书我到现在都不要看。这只能说是我的偏爱。

从读初中起，看书就不是乱看了。首先是看了《鲁迅全集》，是同学盛峻峰(即翻译家草婴)借给我看的。当时我住在四川路与北京路交叉口，学校在忆定盘路(今江苏路)，公共汽车要走上半个多小时，我是在公共汽车上看完这二十大本书的。

接下来我就受鲁迅先生影响，开始大看翻译小说。

外国作家当中，要问我最喜欢哪一位，我可以马上回答，是契诃夫。我最早看的契诃夫作品还是赵景深教授译的，契诃夫译作柴霍甫，书是倪海曙老大哥一本接一本借给我看的。我至今记得，最感动我的一篇是写一个小孩子外出打工，怀念爷爷，写信给爷爷，却不知地址，就写个“爷爷收”，把信投进邮筒（大致如此）。我当时看到的小学徒太多了，所以格外感动。

我喜爱的外国作家还可以提一位，即陀思妥耶夫斯基。他写的《被侮辱与被损害的》我看完后，足足有两个星期怏怏不乐，书中写的社会不公平情况，和我看到的当时的社会真太相似了。还有左拉的《酒店》（王了一译的），也给我同样感觉，因失业和贫困而酗酒潦倒，这种人我见得多了，书中写得很真实。

当然，我也读了许多苏联小说，讲革命的，

那时候很热衷，像《铁流》《毁灭》，现在印象反而不深了。《钢铁是怎样炼成的》曾风靡一时，我也读了。

我还特别爱看短篇小说。除了契诃夫的短篇小说，我还爱看法国莫泊桑的短篇小说。我曾有一本英译本莫泊桑短篇小说全集，这本书后来被友人满涛的夫人借去，再没回到我身边。真可惜。

我可以大胆地说，文化生活出版社、商务印书馆的翻译小说、剧本我全读过。我想我更爱看写社会问题的作品，而不是屠格涅夫写的那种爱情小说。

看书真像吃菜肴，各有所爱，这是没办法的事。

回忆小时候演戏

我小时候演戏最起劲，
听说开联欢会就高兴。

我马上和同学们
一起埋头编剧本。

记得有一次演出，
是我走进“剃头铺”。

理发工具一出场，
所有观众齐鼓掌。

剪刀是把除草大剪刀，
剃刀是把劈柴大柴刀。

除草大剪刀，
　　　给我剪头发，
劈柴大柴刀，
　　　给我把脸刮。
台下观众笑哈哈，
台上我也笑得没法好好来坐下。

这一场戏效果好，
老师家长称赞我们脑子呱呱叫。

小朋友们大都爱演戏，
希望大人多鼓励。

回忆看电影的事

我是电影迷，1938 年从广州到上海，一到上海就想看电影。到上海的第二天，大人只好带我去看电影。我到上海看的第一场电影是金山与顾兰君合演的《貂蝉》，地点在北京路、贵州路路口的金城大戏院，它如今已经不是电影院了。

当时金城大戏院进门的大堂上陈列着吕布穿的盔甲。金山是我喜欢的演员，我至今还想着他主演的《夜半歌声》，顾兰君后来我经常见，她就住在我工作的译文出版社所在的那条弄堂里。

我那时候看电影去得最多的是光陆电影院，因为它在乍浦路桥头上，离我四川路、北京路路口的家不远。日军占领上海那会儿，我还记得在光陆看电影碰到的一件事。我们正在看电影时，一些日本兵到电影院来，其中一个日本兵走到我那一排旁边，要我邻座一位少女把旗袍撩起来让他看大腿。这真是太野蛮无礼了，可是那少女无奈，只好把旗袍撩起来，露出大腿给他看。他旁边的男朋友也没有办法，敢怒

而不敢言。

上海解放后光陆电影院不放电影了，我在那里听过小彩舞唱大鼓。

在我刚到上海那会儿，到大光明电影院看电影是件大事。我第一次进大光明，穿上父亲给我做的西装（也只穿过这一次），票价是六毛钱，楼上带位的是俄罗斯姑娘。

抗战时期好莱坞电影没有了，大量放张善琨监制的国产片。当时一些红星有陈云裳、周曼华、周璇、李丽华、李香兰等，我还看到了伪满拍的电影，至今印象深的有京剧纪录片《御碑亭》。

日本电影放得也不少。这些电影虽大都与战争无关，不过不受欢迎。这期间还放些德国电影，如《柴可夫斯基传》，我看过，据说曾准备在德军攻占莫斯科时拿去上映，可是德国法西斯这一幻想一场空。

看戏和听戏

老北京上京戏戏馆说是去听戏而不说看戏。我如今是京戏迷，觉得说听戏一点不错。京戏只有那么些折子戏，背也背出来了，没什么可多看的，可是唱段却百听不厌。举例来说，《空城计》总是诸葛亮坐在城楼，有什么可多看的，可是那两大段唱，听了几百遍还是要听。杨宝森有杨宝森的味道，谭富英有谭富英的味道，如今又有谭元寿的味道，于魁智的味道，听了又听，不会不想听。

不过话又说回来，有些京戏却不是听的而是看的，例如《三岔口》。中华人民共和国成立后，京戏走出国门，总演《三岔口》，这一点不错。这出戏真把京戏的特点表现出来了。在明亮的灯光中，两个人开打，却要观众想象是在黑暗中相打，两个人坐在一张桌子上却像互不相见，直到碰了对方一下才知道对方在旁边，马上厮打起来，真是妙极了。中华人民共和国成立前李少春和叶盛章演这戏我看过起码十几遍，他们配合得绝妙。当时武丑刘利华是反面人物，一再被任棠惠打败出洋相。

作为京戏迷，这种看的京戏我看得很少，大都是去听唱的。我作为戏迷只能学唱，无法学武戏，自然就爱听有唱的戏了。诸葛亮坐在城楼上唱半天，我一点不觉得不耐烦，我也学着唱呢。

再说有些折子戏把原来一出戏删得只留下一段有唱的，没头没脑，那更是主要听唱了。

京戏迷的幸事

我是个京戏迷，当然经常看京戏，但我更爱看到演员的便装，这种机会我也有幸遇到过。

便装的马连良我见得最多。我爱上先施公司后面的浴德池洗澡。马连良来沪演出时，天天上浴德池，我也就一次次看到他。都见惯了，他对我笑笑。我在二楼大池洗澡，他在三楼房间。我跟浴德池的职工很熟，他听说我崇拜马连良，就建议我到三楼，他们会让我和马连良同处一房间。我连忙说不可，看到这位大师，我会傻瓜的。因此就只能满足在电梯上见面了。

我也常见便装的赵燕侠。我是赵燕侠的粉丝，她来沪演出，我几乎天天看，还买票请同事也去欣赏。戏散场后我到大舞台对面的横街金华路那金华食府吃夜宵，赵燕侠也请她的伙伴到这家小馆子吃夜宵，我就有幸看到便装的她了。我看着她，自己真像傻了，这是真的吗？

有一天我在新雅吃饭，见一位客人离座，我忙对我熟悉的新雅服务员龙同志说："这一位是杨宝森啊！"龙同志不看京戏，并不惊讶，只说了一声："他每顿饭来吃，很节约的，连汤也不点。"我就开玩笑说："下回他来，你就给他一碗老板给你们大伙喝的例汤吧！"大舞台离新雅不远，所以杨宝森到这里吃饭。

有一回我到洪长兴吃饭。洪长兴有一位职工胡琴拉得很好，我跟他很熟。这次来了一位客人，大家招待得很热情，我问我这位朋友这人是谁啊，他说这就是著名的京戏演员奚啸伯。我对奚派不太热衷，很少看他的戏，所以见面不认识。

俞振飞我见得很多。“文革”期间，我家弄堂对面是如今的政协，定为拍戏曲片的场所。俞振飞每天早上到这里上班，手里提着一个老式饭格，那种有几层的饭格，饭格上面还放一个烧饼，应该是刚买来的吧？

言慧珠我在文化俱乐部见得多了。可我总觉得她怏怏不乐的样子。在文化俱乐部还经常看到周信芳，因为我有朋友认识他，他常坐到我们中间来。他很和气。

在文化俱乐部我见过盖叫天吃饭。他那吃饭的样子我至今不忘，他身子挺着，坐着不动，把菜夹到嘴边，派头好看极了。

在文代会上我见过童芷苓、黄正勤等好多位演员，黄正勤还唱黄梅戏。

我至今感到难过的，是艾世菊晚年半身不遂，有一次坐轮椅上台，傻乎乎的，主持人请他背《法门寺》里的背状子，他一口气就背出来了。虽然了不起，我并不觉得好玩，只觉得难过，绝不该拿病人来逗乐的！

京戏忆旧二则

检场其人

过去京戏舞台上，有一个人穿着便装在台上走来走去，也不管这时戏中的时代是什么，是汉代，是三国时代，是宋代，他全不管，对皇帝也像对老百姓一样。这个人就是检场。

早先京戏舞台上后面还有块大幕，有两个进出口，挂着帘子，即“出将”“入相”，演员就从这进出口上场和下场，这就要有人给他掀帘子，掀帘子的人就是检场。如今这块幕没有了，演员就从边上上场，到另一边下场，检场用不着了。

还有给演员端椅子，这也是检场的工作。京

戏里，椅子是演员要坐时才端到他要坐的地方让他坐下来的。还有当演员要下跪时，马上有一个垫子飞到他膝下。抛这垫子的也就是检场。如今没有了检场，这些工作就由龙套代劳，你们看一次京戏就知道。

碰到演员在台上唱戏唱累了，但还不能到后台休息，检场就会拿把小茶壶给演员喝茶。我就见过检场在舞台上给谭富英喝茶。这叫作饮场。

中华人民共和国成立后京戏有不少改革，在舞台上任意走动的检场也就革掉，没有了。

把场其事

过去京戏有个习惯。有些演员演出时，会请大演员来把场。这把场有撑腰、鼓励的意思。

我看到过李万春在《连环套》中一赶三，即演窦尔敦、黄天霸、朱光祖。在演《坐寨》时，他曾请金少山把场。金少山便装站在台口。光金少山这个人，就够观众瞧的。

我又见过尚小云的儿子演出，尚小云穿着西装出场，向观众行礼介绍儿子，然后站在台口把场。这有提携后进的意思。

我还见过请名琴师把场的，可演员的名字我忘了。

说三十年代武侠片

不管男女老少，人人喜欢英雄，人人心中都有几位英雄人物，因此，就有了歌颂英雄的武侠片。

我小时候著名的武侠片就有查瑞龙的《关东大侠》，徐琴芳的《荒江女侠》。还有一位武侠女星邬丽珠。轰动一时的《火烧红莲寺》，其实也是武侠片。那座红莲寺在第二集就烧了，可是观众爱看，欲罢不能，结果拍了十七集。

好莱坞电影同样大拍武侠片。有一位好莱坞武侠明星在中国曾经十分出名，他就是范朋克（Fairbanks），广州、香港译为菲宾氏。梅兰芳访美，就是他和太太玛丽·辟克福接待的。随后他也来中国，梅兰芳接待了他，还送他一套戏装，好像是鲁智深的戏装，他穿上还拍了一张照片。

好莱坞的西部片，其实也是武侠片，只是他们不用刀而是用枪罢了。

编辑的话

任老先生的这套散文集，没有华丽的辞藻、优美的描写、深沉的思想，却将那个遥远年代广东上海的童年生活场景动情地展现在我们面前：编辑完稿件，我仿佛饱尝了广东腊味、蒸禾虫、艇仔粥，并走进了那所洋味十足的雷士德中学，看着学生们一个一个走上讲台，抑扬顿挫地开始国语演讲比赛……

老先生笔下的童年，是二十世纪二三十年代的童年，时有战乱，普通民众生活拮据、穷苦。而我们在这些短小而充满妙趣、简洁而活泼四溢的作品中，丝毫看不到穷陋给童年投下的阴影：吃到美味

的满足，演讲巧夺第一后的自豪，记忆中岭南生活的闲适，可以说，这套散文集满满盛着一个叫任溶溶的小孩童年的幸福感。直至今日，在九十七岁高龄的任老先生心中，彼时的生活依然流光溢彩，没有丝毫褪色。任老的文字，用简单、童真的方式给予我们及时而深刻的教育：光阴流逝，童心不染，孩子的笑是简单、无邪的，一点点快乐的光，就可以驱尽黑暗。

任老之子任荣炼先生诙谐含蓄的插图与父亲的文字相得益彰，给这套书增添了许多趣味，也给大小读者留下了充分的想象空间。

图书在版编目（CIP）数据

小时候的风味 / 任溶溶著. — 青岛 ： 青岛出版社, 2020.10

ISBN 978-7-5552-9223-4

Ⅰ. ①小… Ⅱ. ①任… Ⅲ. ①散文集－中国－当代 Ⅳ. ①I267

中国版本图书馆CIP数据核字(2020)第117704号

书　　名	XIAOSHIHOU DE FENGWEI **小时候的风味**
丛 书 名	任溶溶成长美文系列
著　　者	任溶溶
丛书策划	连建军　魏晓曦
责任编辑	刘　奎　张雪慧
美术编辑	孙　琦
封面设计	咸青华
内文插图	任荣炼
出版发行	青岛出版社（青岛市崂山区海尔路182号，266061）
本社网址	http://www.qdpub.com
印　　刷	三河市紫恒印装有限公司
出版日期	2023年12月第2版　2023年12月第2次印刷
开　　本	32开（889mm×1240mm）
印　　张	5.25
字　　数	90千
书　　号	ISBN 978-7-5552-9223-4
定　　价	48.00元

编校印装质量、盗版监督服务电话　4006532017　0532-68068638

建议陈列类别：儿童文学